모성의 만다라

모성의 만다라

1쇄 발행일 | 2017년 07월 25일

지은이 | 박재홍
펴낸이 | 정화숙
펴낸곳 | 개미

출판등록 | 제313-2001-61호 1992. 2. 18
주소 | (04175) 서울시 마포구 마포대로 12, B-127호(마포동, 한신빌딩)
전화 | (02)704-2546
팩스 | (02)714-2365
E-mail | lily12140@hanmail.net

ⓒ박재홍, 2017
ISBN 978-89-94459-79-0 03810

값 10,000원

잘못된 책은 바꾸어 드립니다.
무단 전재 및 무단 복제를 금합니다.

*이 책은 문화체육관광부 Ministry of Culture, Sports and Tourism 한국장애인문화예술원 Korea Disability Arts & Culture Center 의 장애인 개인 창작활동 지원사업에 선정되어 사업비를 지원받아 발간되었습니다

모성의 만다라

박재홍 시집

개미

앓고 있는 인간(homo patiens)들에게

사뭇 나약함은 인간은 병든 존재로 혹은 병은 또 다른 삶의 방식으로 구현된다는 융의 말은 동의할 만합니다. 『모성의 만다라』는 오늘을 사는 의사도 병들었다는 것에 대한 이해로 시작된 모성의 원융을 안팎으로 실천하는 페미니스트들에 대한 사회적 함의(含意)에 적극적으로 동참하고자 선언한다고 해도 과언은 아닙니다.

신화와 상징을 잃어버린 오늘날의 사람들은 왜곡된 자아의 상(像)에 몰입되어 살고 묘사합니다. 나의 불편함은 장애(障礙)라기보다는 세상을 바로 보는 원융(圓融)이 되었습니다. 그 근간은 바로 어머니 故 음순엽 여사이십니다.

세상으로부터 상처받고 돌아올 때마다 젖무덤에 파묻고 하염없이 기다려 주던 '온전함'으로 인하여 신화가 없는 인간은 영원히 굶주리고 있는 자이며, 신화(=나의 생각

'모성')가 없는 문화는 건전하고 창조적인 자연력을 잃어버림과 같다는 니체의 말을 환치시켜 환기해 봅니다.

어머니의 부재를 통하여 스스로를 인식하고 내 자신의 내면에 있는 자아에 대한 봉사를 명하는 것을 깨달았습니다. 무의식과 의식의 대극점은 기울기의 척도가 되고 작금의 정치적 경제적 현실과 세계사적 흐름은 황폐화되어가고 있으나 사회적 함의의 '모성의 만다라'를 통해 극복할 수 있다는 것을 음순엽 여사를 배웅하고서 알게 되었습니다.

갈대를 엮어 띄운 다리를 만들 듯 시상(詩想)을 엮어 만다라 한 폭을 49재 동안 자복하여 자웅동체(雌雄同體)중에 '여성성'으로 선택되어 모성을 실천한 나의 어머니 음순엽 여사외 이땅의 여성분들에게 바칩니다.

또한 편집에 도움을 주신 계간 문학마당 박지영 편집장을 비롯해 모성의 만다라를 무대에 올려 실연을 해주신 연극인 이종목 신정임 부부와 곡으로 저의 모친의 사후를 위로해주신 강선하 작곡가에게도 감사를 드립니다.

2017년 7월 梧軒詩書畵樓에서
박재홍

모성의 만다라

차례

모성의 만다라 1

정월 대보름 달무리처럼 웃으시며
'내 더위' 사주시더니 우리 엄니 나비되셨네

힘겨운 허물 벗은 중천에 비 한소끔 내릴 즈음에
차오른 눈물이 되고는 할 텐데 어쩔거나
걱정되셔서

헛헛한 삼칠일 견디지 못하고, 막막한 49재 참아내지
못하고
뭉개지는 마음이 보이시겠다, 아비도 모르게
가시덤불 너머 나비처럼
숨으신 우리 엄니

모성의 만다라 2

포대기에 삐죽한 발이
어미의 인생이어서

하염없다 눈물,

다녀간 비도 거친 바람도
꽃처럼 아픈데

처방전을 들고 약국 앞

'눈부시다'

들어 막고 훔치는 굵은
주먹 사이로 봄물처럼 흐르는
서걱거리는 눈물

모성의 만다라 3

'엄니는 훔칠 때마다 詩라는 것을 몰랐지요'

낙안벌 붉게 지던 노을에 고향 그리울
줄도 모르고 장마다 전하던
외가댁 소식에 엄니의
먹먹한지 가슴을 쓸던 칠성사이다

목이 메어 먹지 못하던 엄니 눈에
출렁거리던 저녁 어스름

'나는 다 아는데'

노을을 등지고 골목을 올라오던
아버지 이마 위로 사랑의 쓸쓸함을
나는 알았는데, '엄니는 것도 모르고'

반짝거리던 100와트 전구에 어둠이
녹아내리던 것을

'끝내 엄니는 아버지가 서운하더만'

밭은기침을 남기며 정지문을 열기 전에
훔치던 치맛단에 외할머니 임종 소식 자국
'아홉 살 나도 아는데'

엄니는 온몸을 출렁거리는 것이
詩라는 것을 아직도 모르고

모성의 만다라 4

엎드려 기어 다닐 때에도
밟히는 길이 없는 눈길이
뜨거운 울혈을 삼킨 듯했습니다

늦은 밤 귀가, 밤길을 서성이던
마음이 무던하더이다

물빛에 젖은 길 위에서
간혹 부딪치는 만다라

마을 어귀 새소리
당신을 찾아 먼 여행이 시작되었음을
알리는 기적 소리 같습니다

모성의 만다라 5

용서할 수 없는 것은
실루엣 사이 태양의 비늘 속

선명하게 만져질 때
눈물이,

비 오는 날 토방에
풀석거리는 흙내음이 올라올 때
엄니 봉분에 풀이
한 뼘씩 자란다는 것을 압니다

모성의 만다라 6

달이 바다의 결처럼 후광처럼 빛날 때,
봄은 엄니처럼 한숨 짓다 갔어요
감꽃 진 마당에 폭풍주의보
전신주 파도처럼 넌출될 때야
천둥, 비

마루에 걸터앉아
서럽게
마중물처럼 지쳐드는 비바람
엄마 품처럼 안는데, 안는데

모성의 만다라 7

엉치뼈에서 갈빗대 사이로
슬그머니 넣은 손이
'엄니 맞지요'

떠난 지 며칠 되지 않는데
척추가 기울고 근육이
묵직한 것을 보니
물길이 바뀌고 계절이 바뀌는 것처럼
물 긴는 뒤웅박처럼 기우는 것이
'제 설움인가 봐요'

바람 많이 불면 홍교다리 난간에 걸터앉아
시린 눈길로 낙안벌을 향해
부릅뜰래요
노을 흥건한 고읍께 엄니

'태양의 비늘처럼 웃으실 테니까'

모성의 만다라 8

깜박, '꽃처럼 흔들렸다'
바다 위는 달이
길을 열었고,

슬그머니 걸어서 오는
엄니,
꽃처럼 웃으시네

아들 노곤함 쓰다듬고
가을 저녁처럼
웃으시네

모성의 만다라 9

한쪽 무릎에 올려진 팔꿈치
이제야 알겠습니다
'엉치뼈가 허물어진 것을요'

당산나무 그늘에서
나비 날아 오르고,

가끔 별무더기 덤불
헤치며 찾던 고향집
뒤안을 울리던
'밭은기침 소리 같습니다'

모성의 만다라 10

그리하여 상아의 무덤에서 유체를 들어올려
많은 코끼리의 배웅을 받으며 떠나는데
엄니의 주름진 눈에는 담담한 눈물 한 첨
어른거리고,

날마다 정글 속을 헤매는 새소리만 들리는 곳에서
아이는 복받쳐 오르는 눈물을 삼키며
울혈을 토하는 불새가 되어도,
적막한 강은 시간을 잊고 은빛이었다 금빛이었다
하였습니다

모성의 만다라 11

불보다 입관이 무서워 가지 못하였습니다

주름진 거북의 등 같은 손이
코끼리의 마지막 눈처럼 담담함이
스스로 거부하며 시간을 되돌렸습니다

아이와 어머니의 가운데 6일은 축제의 밤
도둑처럼 새벽 1시 20분에 지상을 떠나
우주의 모멘트가 되신 우리 엄니,
거슬러 오르지 않아도 많은 시간을
훑다보면 강이 뒤집히는 것처럼
만나질 시간이 있을 것이니

'오메 징한것 여까정 따라오냐' 활짝 웃으며
등짝을 치시며 '에미가 그리좋으냐?' 하실
숨바꼭질 시작하였습니다

모성의 만다라 12

고등학교 다니던 형이 철길로만 광주서 벌교까지
돌아오던 날, 앞집 은옥이 식구들도 모르게
숨죽여 다독였지요

'아가 을메나 고생했냐 안무섭드냐'

어머니 배웅하던 날 상주 없이 초상을 치르는데
모르고 가신 어머니 1년 된 형님 부고,
중천에 허기진 채 보듬었겠지요

'어째 이곳에 나보도 먼저 온 것이냐'

모성의 만다라 13

살구꽃 내음이 지천일 때 동네 골목 들어서는
어머니 발자국마다 꽃 냄새 가득,
비 오는 날 바람에 몸을 부리듯이
짙어지는 밤꽃 향이 이별인 것을
사람마다 제 설움에 기꺼운 것을 알듯 모를 듯
하염없는 것이 하루해 같습니다

모성의 만다라 14

꽃 피는 게 싫어서 새로 살겠습니다
엄니 닮은 뒤축 금간 발꿈치,
밴댕이 사서 담근 젓갈은 이제
입에 대지도 않고 살지 모릅니다

지천에 너부러져 흐르는 물은 섬처럼
오방색을 닮았습니다. 검은 밤 하얀 달의
조화 같은데 그냥,
코끼리처럼 눈 속에 길을 놓은
'엄니를 어째야 쓰까요'

모성의 만다라 15

술 취한 개구신에게도 자신의 자랑이었습니다

자식을 앞세우고 부모를 뒤세우고 보내는
자식에게 부모는 하염없는 '죄송함'입니다

꿈의 비늘을 떼서 빈 하늘에 붙이면 '달'
그림자를 보면 엄니 얼굴
바다는 그냥 흐르기만 합니다

나도 닮아갑니다 술잔에 얼비친 바다가 출렁거리는 것
처럼
지 몸, 이기지 못하면서 말입니다

모성의 만다라 16

그다지 꿈을 꾸지 않는 게 좋습니다
어머니 떠나신 지 스무 밤,
자꾸 잊어버리는 통에 서럽습니다

화도 참고 그저 좋은 생각에
조금은 감사하고 몸짓하려 하지만
그믐을 넘긴 힘든 것은 시간

산 것과 죽은 것은 다 흘러간다는 것입니다
만신처럼 오늘의 대면한 칼을
밟고 선 채 입술을 깨물며

'남은 자들의 길을 걷고 있습니다'

모성의 만다라 17

탱자나무 숲은 만다라 같아서
엄니 빛깔이 고와서 슬픈
무명의 인생 같습니다

상복을 입지 않는 새는
공중에 목을 꺾는
홑동백 같고,

장도 앞바다가 검붉은 하늘을 품어
몸을 푸는 동안처럼 찰나에,
썰물이 되어 등을 보이는
달이 뜨면 섧게 웁니다

모성의 만다라 18

동공에 밟히더이다 스러져 잠시
멎은 숨, 그리도 길고 착참하던 눈길에
미안하던 것이
'달 흐르던 섬진강을 가르는 삿대 같습디다'

'엄니' 터진 옷을 기우며 끌끌 차던
헛소리에 당신의 미안함이

맑은 하늘에 웃음을 던질 수 있던
맵찬 마중물임을 마흔해 넘어
아홉수에야 만나니

당분간 병원에서는 낙상을 주의하랍니다

모성의 만다라 19

이름을 부를 때는 반말을 주의해야 합니다
깊은 복성에서 우러나는 소리는
잠시 이승을 떠난 길을 붙들 때가 있다는 것을
신의 불꽃 앞에 숨 귀한 줄
알았습니다

마음이 불을 밝힌 집 앞에 아이들이 웃습니다
TV에서는 아이가 다섯이라는
드라마 중입니다

사랑이 다 낯익은 중에 깊어지는 것을 알게 됩니다

모성의 만다라 20

하루는 하오의 시간에 새들이 두엇 마당을 지나간
뒤였습니다 바쁘게 올라온 걸음에
샘에서 내려오는 수도꼭지를 틀고
바가지에 물 한가득 떠서 드시고 마당에
뿌리는 순간에 억울함이 내려갔다는
생각은 그야말로 잠시였습니다

하늘에 별 돋는 시간쯤 두런두런
두 분 나누시는 말씀이
학비 걱정이었음을 알게 되었습니다

모성의 만다라 21

도마 위에 머리 없는 못에 매달려 몸부림치는
장어처럼 미끄러지면서 감꽃처럼 털리며
빗소리를 내는데 잠깐 엄니를 뵙습니다

진단에 처방에 영수증 예약까지
돌아오는 현실이 어찌나
싫던지, 덧없이 연결 조사 하나
지우듯 며칠 남지 않은
49재 중 '남은 시간' 헤아리기만 합니다

모성의 만다라 22

흔들리지 말고 그냥 그렇게 해서 죄송합니다
배웅이라면서 등을 보이며 떠나는
엄니를 놓았습니다

걸음마다 흔들리는 것을 환영합니다
눈길이 빈 허공에 멎은
발길 같아서, 당산나무 아래
기다리는 것이 꼭,
유년의 그날 같다 하고 수몰지구처럼
목울대가 차오릅니다

모성의 만다라 23

하루가 머리에 인 물동이처럼
출렁거려요
달이 차오르면 나뭇잎 위에 머문
벌레들의 허기처럼
구멍 난 하루가 살아온 날수 같아서

당신이 떠난 길처럼 느껴져
아니 하염없어서 어스름을 타고
돌아와 달을 피해 숨습니다

구멍 난 하늘이 점점이 달빛에
하얗게 질려갑니다

모성의 만다라 24

정지의 문 앞에는 늘 바람의 발자국이
있었습니다

수돗물을 틀고 쌀을 씻을 때도
뜨물에 부유물처럼 흔들리는
불안한 일상들이, 당신의
한숨에 방향성을 잡을 때 모두들
내일이 불안해지고는 했습니다

날이 지나면 이웃집 문턱을 넘는
당신의 금 간 발바닥은
돈 앞에 서럽게 웃고 있었던 기억이 납니다

조금은 외롭지 않았으면 합니다
형이 가고 당신이 지나치는 그
길이라면 조금은 외롭지 않았으면 합니다

머잖아 누군가는 걸어야 하는

허공에 구름 같은
날수가 흐를수록 걸어온 만큼
'사랑, 한 첨' 깊게 배도록
살아가는 바람을 갖습니다

모성의 만다라 25

오뉴월 땡볕에 임도 못 알아볼 그
길을 가시며
지는 장미의 웃음으로 6월이 49재
길을 내고 있습니다

물을 긷던 우물도 말라가고 산
을 타고 내려온 수돗물은 맛을 잃고

먼발치에 들리던 송수화기음,
숨차하던 당신의 목소리
바람이 빠르게 서두르는 계절의
강 빛은 깊어만 갑니다

모성의 만다라 26

잠들었던 모양입니다 사물을 하던
당신의 뒤안에 흔들리던
그림자,

장독 위에 정화수 별이 소복하였지요

가뭇하던 하늘에 성큼성큼 다가선
계절이 낙엽의 조악한

벌레 먹은 꿈같은
시 한 편처럼 서늘함
그것이지요

모성의 만다라 27

길이 싫습니다 가고, 오는 그 길이 싫습니다

마을 어귀를 돌아서던 당신의 굽은 새우등 같던
등 위에 무지개 피듯이
노을이 곱던,

학교 가는 길처럼 싫은 오늘은
등록금 내는 날이 아닌데
왜 그럴까요

산성 위에 물이 말라 가물어진
수도처럼 눈물이 아득한데
다시 묻는 말이

왜 그럴까요

모성의 만다라 28

참 질기다는 질경이는 눈물 같다

어미를 보낸 백구는
동구 밖 어귀에 초점을 맞춘 눈,
시력을 잃어 가는지, 걱정스러운데
무덤의 마른 풀은 타고 말겠다

울대를 삼키는 여린 새순 같은
기억이 쉰 소리를 내며
나고 드나드는데

우리 엄니는 기억이나 할까
나를 업다 자궁이 내려앉은 것을

그저 갈라진 손등에
미안한 듯이 쓸던 손길이
쓸쓸했던 것을

모성의 만다라 29

'별 따다 준다고 하지 말 것'을 괜히 약속했다
'달 따다 준다고 하지 말 것'을 괜히 샘부렸다

정월 대보름 상 차리는데 급한 왜바지가
바람을 일으키는데 애꿎은 더위만 팔고
검버섯 핀 얼굴이 흐려지고
내 얼굴에 옮겨 붙은 지금에서야
미안하다고 말하기 너무
힘들다 '엄니요'

모성의 만다라 30

울다 깨다 드러눕다 애꿎은 베갯잇만
허는 것을 알기는 할라나

홍교다리 밑 찰진 개펄에 노을이
금빛 송광사 대웅전 부처님을 닮았다

장마에 쓸린 다리를 재건하는 과정에
용 조각이 무섭더니
첫아이 태몽을 비스무리하게 꾼 것을
신기해했지

내 속에 울리는 그 울음은 그것이 아니다
번제로 드릴 내 미안함을 순전하게
드릴 것이 없다는 것이다

모성의 만다라 31

계룡의 치맛단을 흘러 바람은
등을 보이며 동춘당 용머리기와에 이르러
기호로 흘러갑디다

백두의 능선을 타기도 하고
차령을 타고 민주지산에
살짝 쉬어가는 꿈같은 엄니의 하루

지리산 처마 아래 제석산 이르러 바랑을 멘
기호는 입술을 깨물며 벌써
백두의 신단수에 목을 축일 생각에
살아온 족적의 신산스러움 허물 벗겨
방생을 합니다

모성의 만다라 32

쉰 보리밥을 씻던 아비의
충혈된 눈길을 받을 때는
그냥 그런 줄 알았습니다

도다리 쑥국 위로 왈칵 쏟아지는
눈물이 땀과 함께 흘러 내리는데
아비는 병원 중환자실에
둥지를 틀었습니다

강바람이 발 기슭에 이르러 치받을 때
문득 쉰 보리밥에 젓갈 한 첨이
기억의 염도를 조절하고
있었습니다

모성의 만다라 33

별이 뜨다 지는 곳에서
금강의 마음은 비단나무의 문양 같아서
쓰러져 있는 자들의
헐거운 눈길을 붙잡지요

시장 한가운데 파장의 결 같은
금빛 비늘의 역,
촉촉하게 젖어들 꽃 한 송이
좋 때까지
밤은 더디게 흐릅디다

모성의 만다라 34

솔깃하게 대공 속 바람소리 영글면
달밤에도 땀내 나요

하루를 살아내기가 하루살이보다
힘이 듭니다

엉치뼈에 발 얹고 잠든 아이를 보고서야
'그리 참으신 거군요'

밥태기꽃 고봉으로 눈길을
잡는데 왜 이리 죄스러울까요
이 아침 밤새 비,
다녀갔던 모양입니다

모성의 만다라 35

해갈되지 않는 중천을 지나는 엄
니를 봤습니다
느린 독수리가 하늘을 메우고
시식은 시작되었으나
허기는 가없는 것 같습니다

어제 멥쌀 십 킬로짜리로 마련하였습니다

산 사람은 그런대로
안심이 되나 봅니다

무표정하게 웃고 식탁을
둘러앉아 기억을 더
듣고 있지만 낼도 비 온답니다
'엄니'

모성의 만다라 36

가도가도 흙내음을 어쩔까요
요령 소리 뒤에 만장과
흔쾌히 흐느끼는 바람에 날도
좋습니다

배시시 모시적삼에 문드러진
웃음이 음표처럼 넌출지는
꽃비 내리는 아파트 화단
앞에 새초롬합니다 '엄니'

모성의 만다라 37

소화다리 아래 피의 역사는
고향 떠난 실치가 몸을 풀러
찾아오는 것처럼

중천에 있을 우리 엄니
접시꽃처럼 바람처럼
웃으시네

까닭 없이 기른 그리움
부처 웃음으로 녹
아 개펄에 누웠는데

사랑, 변함없네

모성의 만다라 38

송광사 일주문 다 못 넘고 '엄니, 아부지, 나
셋이서 하늘거리며 꽃처럼 웃던 날이 있었지요'

'처음으로 아들 차 타고 소풍 가던 길' 엄니는 이른
코스모스처럼 하냥 수줍어,
조계산을 넘는 노을 같았습니다

배웅하고 나서 돌아서는 길에
목울대를 누르고 울음을 삼키며, 그리운 것이 '고향'
'데면데면한 것'이 그저 서러운 것은
당신의 빈자리라 그렇습니다

모성의 만다라 39

산성에서 바라보던 낙안벌, 그저 벌은 아니었지요
마중이었고 '배웅'이었습니다

홍교와 고읍을 지나야 닿는 낙안, 시린
겨울 성벽에 드리운 그림자처럼
엄니는 한 가정의 염원이었고
발원지였습니다

나이 사십 저물어 빈 산성에 앉아 한참을 바라본
낙안벌,

장독대 위에 정화수로 쓰던 그릇에
물그림자가 밴 지 오래인데도
'한 가족史'가 빚은 쓸쓸함이
일찍 벌레 먹은 감나무 잎처럼
생채기 많은 마음은
하늘을 들여다보게 합니다

모성의 만다라 40

낙숫물, 바위에 구멍을 냅니다 아니, 길을 내는 거지요
엄니가 쓰던 칠비처럼, 엷게 섬세한 옻칠 입힌 것처럼
서러움이 봉밀처럼 내밀한 지금, 마저 보내드려야지요

'병신 아들' 속으로 난 자식이 애잔해, 감기 걸린 콧물
을 빨아 뱉던
   할아버지의 마음이 오죽할까 하는 신산으로 바라보던
제석산,
   발치 끝에는 엄니처럼 흐르는 강과 바다의
   약속이 있었습니다

말도 마요 그냥 눈물이 흘러요 엄니는 노동에서 해방
되었는데
   성품대로 천국갔는데, 남은 자들은 눈에서 가슴에서
엉킨
   장마 구름 같아서, 무언가 뱉지 않고는 못 배길 노여움
같은데

한 줌, 많지도 않아요, 기다리지도 못하고 등을 보이신
엄니,
 '반 년'을 기다리는데 '얼마나 힘이 들었을까, 죄송해
요' '이렇게 허접한 배웅에 저리고 아픈, 순간순간이 들
숨과 날숨으로도
 아프게 배웅해서 정말 죄송해요'

모성의 만다라 41

우중에 마중은 눈보다 마음이 먼저 다가섭니다
지리한 장마 끝에 '반짝 지나간 빠른 구름의
그림자'는 살아온 날수 같습니다

정월이면 용머리를 짚으로 만들고 새끼를 꼬아
지붕을 만들고, 울력 비스무리한 품앗이
새참도 있습니다

가실 때 드실 새참도 못 드리고 만나질 때 등짝 헐거울
생각에 기실 애먼 소리를 보태고
지나치는 나리꽃 순을 꺾습니다

'엄니, 좋지요 울지 않을게요 기택이 할머니 돌아가실 때
곰보 외삼촌 사분의 삼박자로 호곡하는데'
자지러지는 동네 사람들 하는 소리에 '상가라기보다는
잔치 같아서 좋다'고 소풍처럼 가시겠다던
엄니 말이 생각나요

모성의 만다라 42

세상에는 몸이 닿지 않는 무덤이 있어 생이별도
그런 생이별이 없습니다

보기 좋게 놓인 묘지돌이
요즘 '신식'이라고들 하는데
우리 엄니 물질 잘하는 해녀면서도 도심 한가운데
공원에 계시네

알래나 몰라 우리 엄니, 한 사내를 사랑하여
평생을 육지를 떠도는 노동이 전부였다는데,

그 사랑이 무엇인지 물으면 웃고 손사레를 치고 말드
라구요
구천을 가슴을 치며 떠돌 우리 엄니 목어처럼 웃으실
텐데

모성의 만다라 43

첨산에 참꽃 피면 이 땅 엄니들 부려놓으셔요 그리
무거운 인연 얼빙든 고구마 퉁가리에서
썩은 냄새날 때까지 두지 마시고,

49재만큼 서럽다가 품었다가 되돌아가는 꿈은
장도 앞 포구에 던지는 닻처럼 무거운
오늘의 고단함과 화해하셔요

'우리 막둥이 엄마 없어도 잘 살 수 있지'
'응'
'니 좋아하는 사람 만나 니 닮은 애기 낳아도 엄마가
최고지'
'응'
'으메 우리 얼둥애기' 포대기 한번 훌쩍 올려주시더니
달님 되셨네, 우리 엄니

모성의 만다라 44

밥태기꽃에 고봉 쌀밥으로 여기던 허기를 아는 분
쉰 보리밥 씻어서 둘러앉아 꼬린 젓갈 놓고
엄니 아부지 눈짓하며 서럽던 밥상,

이제는, 가끔 기일 되면 둘러앉을
누이와 나 그리고
아들 둘은 희망이다

모성의 만다라 45

엄니, 읽으라는 천자문은 안 읽고 수렵 이야기 읽던 중
에 부르면 놀랐지요 아부지 온 줄 알고, 걸어온 길만큼
돌아보면 놀라는 것은 다반사, 뭔지는 모르지만 켕기는
놈들 많은 세상에 천자문처럼 바르게 살 수 있으면 좋겠
지만 또, 못산다고 뭐라 하면 듣겠어요 무덤가 바위 옆에
치자 향이 짙은 정월이면 허기지던 방학도 끝나갈 무렵

'웬 제사'는 그리 많던지 '산 사람을 기억하는 제사는
없나' 하고 물으면 '예끼' 하며 그런 것이 있으면 니 어
매는 '호강하겠다' 하시더니 이제부터는 나도 그래 볼라
요 '산제사'

모성의 만다라 46

부고에 상주를 내었다,
3년 전 의절한 형 이름으로 낸 것이다

어머니 상을 치르고 떠난 자리에 형의 부고를
받았다 작년 겨울 49일을 병원서 살다가 소천한
사실을 알게 되었다

장례는 삼일을 채우지 못하고 고인의 유언에 따라 2일
장으로
메릴랜드에 장남의 장지 옆에 위리안치 되었다

죽음은 익명일 수밖에 없다 피카소 그림의 질감처럼
청색시대를 사는 것처럼 현대를 사는 사람들은 부지불
식간에
염화미소로 잠이 들었다

모성의 만다라 47

갈 수 없는 장지를 향해 밤, 새처럼 울었다

까닭 없는 속으로 울음이 밤배처럼
흔들리며, 새벽의 깊은 숲으로 걸어 들어간다

낯선 엄니의 소천, '와병이 깊어 그럴지니 이해하여
라'
해도 아픈 노동으로 무너진 엉치뼈에 실금은,

알타미라 동굴벽화에 금 간 자국 같은 것을 보자
간데없이 낯선 사랑니 하나 퉁퉁 부은 것 같다

모성의 만다라48

엄니 따라 코끼리처럼 가는 줄 알았습니다
응급실에서 손띠를 매고 낙상주의 문구도
받고 앉아 있다가
문득 스스로 되묻게 되었습니다

'태중인지 복중인지' 마음은 떠돌 뿐 제자리를
찾지 못하고 산 자는 산 자대로 가물거리는 것을 보니
현대는 '모성을 잃어버린 것' 같습니다

얼마나 업을 기려야 만다라 한 폭처럼 잠잠할까요

응급실을 나와 아이를 향해 가는데
내세에 사시는 엄니도 현세에 사는 나도
구획이 정해지지 않은 것 같아

흐느끼다 삼키는 고인 설움이 '꿀떡' 삼켜져
목젖을 지나고 있습니다 아이 웃음 소리에
하염없이 나비처럼 나풀거릴 것을

작금의 익명성에 힘이 듭니다

모성의 만다라 49

'엄니, 나 갈라요'
'지금 이 시간에 어딜 갈라고?'
'지금 가도 늦어라'
'다시 올 텐께 지둘리시오'
내려서는 토방이 휘청합니다

'아따 어디로 가냥께'
'금강으로 갈라요'
'뭐 하러'
'신 금강별곡 때문이랑께요'
'니는 만날 시라고 쓰는데 나는 읽을 줄 모르고
누구 보라고 그리 쓰고 맹그냐
'서러운께 안하요 엄니처럼 글 못 읽어도 안 서럽고
그냥 흐르듯이 선율로 따라 흘러도 흥이 나는 그래서 더욱
내일 같은 詩가 안 그래야 쓰요'
'헛다 픽이나 그러겠다 이놈아'
등짝 때리는 손길에 또 한 번, 휘청합니다

'아직 이 땅에 살면서도 강이 젖줄이라는 것만 알았지
모성의 시작이자 만다라 같은 것이라는 것을 모르니까
안하요'
엄니 탈상하는 날 혼잣말처럼 하는데

'엄니 49재 지나고 갈라고 이리 죽치고 앉아 쓴 거라
니까요 엄니, 서운해 마시요 이제부터는 세상에 엄니는
다 내 엄닝께 좋은 곳으로 오르셔도 괜찮허요'
'머시가 괜찮은데, 난 괜찮아 너만 괜찮으믄'
등 돌리고 돌아눕는데 절인 몸이 멍석 말고 맞은 것 같
습디다

'詩는 코끼리 무덤 같은 곳이요'
'그림으로 그리자면 만다라 한 폭 같은 것이제라'
'들숨과 날숨이 잦아들면 엄니, 계신 곳이 내 집인께
꼭 그 자리에 계시시요
알았지라'
돌아오는 길이 뒤를 보면 안 되는 것 같아 답답했습니다

모성의 만다라 50

갓길에 차 세워놓고 태풍주의보에 귀를 기울이는 것이
엄니, 찾아가는 길을 잃어서라는 것을 몰랐습니다

몸 아래가 묵직하게 아프면 '자식걱정'이라는 것을
생명을 품어 본 사람만이 아는 깊은 이해

강은 풀잎처럼 쿨럭거리며 비를 맞아도
묵언이듯이 알듯 말듯 하는 것이 '산목숨'이지요

모성의 만다라 51

'견디는 것이 이기는 것'이라고 들릴 듯 말 듯 하시던
말씀이
강여울처럼 흘러 작금에 다다랐습니다

물길이 아버지 같습니다 제사상에 올릴 생선
두어 마리 자전거에 싣고 앞질러 가시면
어머니는 물여울처럼 종종걸음을 치는데도

'그래도 둘인 것이 노을을 마주해 빛나 보였습니다'

모성의 만다라 52

폴짝거리며 박하향이 코끝을 자극합니다
밖에는 비가 추적거리며 걷고 있는데
허기진 아이들을 위해 묽게 쑨 밀가루 반죽에
방앗잎과 부추와 다진 고추 썰어 넣고
무쇠솥 뚜껑에 들기름 두르고 몸짓하고 계시는데
슬그머니 안으며 머리를 기대는 등 뒤로
'잘 잤냐' 하시는 중에
눈물이 왈칵 쏟아집니다

모성의 만다라 53

숨죽이며 울던 곳이 정지라서 엄니 없는
정지는 들어가지 않을라요

얼마나 똬리를 얹었으면 정수리에 머리카락이
없이 '휑' 할까요

장도 앞바다 미끼 없이 던진 낚싯바늘에
짱뚱어 대여섯 마리 끌려오는 것처럼

사내로 태어난 것이 부끄러운 적이 있습니다
어머니의 노동 앞에 하염없이
아파 운 적이 있습니다

모성의 만다라 54

'니는 이 땅에 살지 말그라' 열다섯 물 끓이다 발등에
쏟은 누나에게 하던 엄니의 말이 지금
하와이에 사는 누나에게 이른
'유언' 같은 것임을 알았습니다

이 땅은 여인의 숙명처럼 노동에 인권에 성적 차별에
왜곡된 모성의 천형에 저주가 서린 곳임을
알게 되었습니다

현대의 여성은 " '꿈'이 있는 곳을 찾아 유리하는
난민"이 되었습니다

모성의 만다라 55

'남자라면 신물이 난다'던 엄니의 말은
'잠버릇처럼 잘못 알았습니다'

아비는 요양병원에서 해맑은 미소로 가신
엄니 얘기를 묻지 않습니다

자식인지라 아비를 향해 묻지 못하는 말이
목울대에 걸려 답답했습니다

봉당에 먼 허공에 길을 내던 쓸쓸함이
이제야 반추되는 것은 신의 음성이
등을 쓸고 있다는 것을 알게 되었습니다

모성의 만다라 56

홍교다리에서 보는 낙안벌은 엄니의 눈물 같습니다

노을에 젖은 다리 밑 물길이 장도 바다에
이를 때까지 용서받지 못할 게 없는 것 같습니다

실치들이 몸을 이루며 마디 굵은 장어가 될 때까지
바다는 몸을 뒤틀며 풀 때까지 계절의 자맥질을
거듭하고 있습니다

사랑은 용서받기 위해 섬기는 것이라는 것을
알게 하는 데는 그리 오래 걸리지 않습니다

모성의 만다라 57

인간이라는 말에 숨어 있는 남성 중심적 사고를
돌이켜 봐야 한다는 말에 동의하게 되었습니다
어머니를 부정하는 것을 이해하게 된다는 것은
가족제도에 대한 굳은 근육을 말랑하게 하는
역사성에 대한 이해를 거부하는 선언이라고
규정한다면 '동의하겠습니다' 그동안의 궤적을
반추해 위로가 된다면 지금이라도

'가신 엄니가 살아 돌아오지 않을 것을 알면서도
동의하겠습니다'

모성의 만다라 58

엄니랑 아버지가 마루에 앉아 웃고 계실 때가 제일
두려운 귀가였습니다

연탄가스에 중독되어 아침에 앰뷸런스를 타고 병원을
가신 어머니의 등 뒤로 정지에서 도시락을 싸고
등교를 하고 귀가하는 때 '그날'이었습니다

돌아온 내 등을 쓰다듬으며 '사내는 그래야 한다고'
대견해
하시던 당신의 가르침이 떠난 당신을 향해 그리워하는
마음에 근력이 되었다는 것을 작금에서 알았습니다

모성의 만다라 59

급한 아버지의 성격 같습니다. 태풍과 호우주의보 속에서
바다는 뒤집어지지 않고 있습니다

떠났던 배들은 돌아오지 않는데 사랑은 그저 작은 똑딱선처럼
허접한 오늘을 살고 있습니다

꿈들은 머문 곳에서 자리를 펴고 신은 돌아앉아
'직벽의 천산' 같습니다

'어머니의 하루가 그러하듯이'

모성의 만다라 60

자지러지는 빗줄기처럼 용서는 살아온 날수만큼 쪼그
라든
엄니의 젖줄 같습니다

반추는 끊임없는 기억의 비늘을 주우며 눈물을 흘리는
데,

이제는 화해의 문양을 짜며 만다라 한 폭을 완성해야
시대의 역류를 가슴으로 받을 것 같습니다

'자웅동체(雌雄同體)' 생명이 그러합니다

모성의 만다라 61

어머니가 밝힌 촛불이 이제는 제 불을 밝히고 의지해
생의 결을 붙들고
먼 나라를 향해 충만함으로 이르고자 합니다

그 사이에 제가 밝힌 생명의 불도 '함께'라는 것은 숙
명,

본질의 것이었다가 소유하게 된 생명을 지키기 위해
사위의 모든 어둠을 향해 깨닫고자
오체투지하였습니다

'윤원구족(輪圓具足)' 어머니의 기도가 그러하였습니다

모성의 만다라 62

삐딱구두 사 신고 사신 적 없으신 우리 엄니 비단옷 한 벌
입지 못한 우리 엄니 물긷고 나면 장작 패고 검불에
기침하며 정지문을 박차고 나올 무렵 얼큰하게 취한 아버지
웃음에 마주하는 웃음이 서러웠었지

추석 지나 산에 올라 처음 따온 과일 하나에 벙긋하게 웃던
우리 엄니 사랑이 왜그리 무거웠던지

철마다 우는 하늘이 길마다 우는 땅들이 이 땅에
살아온 날수만큼 모성이 다함이 없듯이
앞으로 살아갈 날수만큼 서럽지 않았으면
대보름 달무리처럼 휘영청 후광이 임하시기를
반추하는 한 폭의 만다라

깨달음과 원융의 사모곡

— 박재홍 시집 『모성의 만다라』에 붙여

김종회 | 문학평론가, 경희대 교수

『모성의 만다라』는 박재홍 시인의 아홉 번째 시집이다. 그 표제가 언표하는 바와 같이 이 시집은 '모성'이라는 절대적 명제와 '만다라'라는 불교적 함의가 함께 결부되어 있는 만만찮은 의미망을 갖고 있다. 주지하는 바와 같이 모성은 인본주의 및 인간중심주의의 정수(精髓)요, 만다라는 종교가 지향하는 신본주의의 근본을 말하는 불화(佛畵)다. 다만 여기에서의 신본주의, 곧 불교의 신본주의는 기독교의 경우와 달라서 배타적이지 않고 보편타당성을 지향한다. 교리의 엄정성에 있어 기독교가 절대타당성의 기반에서 촌보도 후퇴하지 않는 상황과는 그 결이 좀 다르다. 이러한 측면은 박재홍의 이 시편들이 표제어 양자를 조화롭게 만나게 하고 동반 상승의 효과를 발양하도록 하는 데 유익한 환경을 조성한다.

　모성에서 만다라의 세계를 보고 만다라를 통해 모성의
깊이를 체현할 수 있다면 이 양자의 화해로운 악수는 시
인에게 행복한 시 쓰기를 약속할지도 모른다. 모성은 인
류 역사의 기록이 남은 이래 구원(久遠)한 과제였다. 생명
의 탄생과 더불어 이 포승에 묶인 인간에게, 그것은 피할
수 없는 운명인 동시에 인간을 가장 인간답게 규정할 수
있는 실효적 개념이었다. 문학적 반영에 있어서도 마찬
가지다. 헤르만 헤세가『지성과 사랑』을 통해서, 조병화
가 그의 시편 전반을 통해서, 윤홍길이『에미』를 통해서,
그리고 신경숙이『엄마를 부탁해』를 통해서 지속적으로
탐색한 것이 바로 이 모성의 문제였다. 뿐만 아니라 참으
로 많은 문인들이 '사모곡(思母曲)'을 노래하며 자신의 삶
을 성찰하고 위무했다.

　박재홍은 그 노래를 우주 법계의 온갖 덕을 망라한 진
수(眞髓)의 그림 만다라에 실었다. 만다라는 천 개의 손발
과 얼굴을 가진 불화다. 하나의 원리 아래 지배되면서도
다양한 사유(思惟)의 전개를 상징적으로 나타낸다. 석가
모니가 깨달음의 경지에서 바라본 세상살이의 근원적 도
리를 우리 같은 필부필부(匹夫匹婦)들이 익히 체득하기는
어려운 일이나, 이를 구체적 실상을 통해 감각하기로 하
면 그 각성의 길이 한결 용이해질 터이다. 이는 다시 말
하면 삼라만상에 인격을 부여하는 길의 첫걸음이요 본질

과 현상의 상관성을 납득하는 세계인식의 시발이며, 시를 쓰는 시인에게 있어서는 스스로의 세계관을 호활한 사상체계에 연접하는 계기로 작동할 수 있다. 박재홍에게 있어 그 구체적 실상의 이름이 모성이다.

이 시집의 시편들은 시인이 어머니를 그리고 추모하는 애닲은 정서를 끌어안고 있으니, 그 아픔과 슬픔이 먼저일 수밖에 없다. 어머니의 아들로서 시인은 어쩌면 힘겨운 생애의 길목을 지나고 있는지도 모른다. 그러나 시인으로서의 그는 그렇게 불행하지 않다. 일찍이 옛 시의 구절에 '국가불행시인행(國家不幸詩人幸)'이란 역설적 대목이 있거니와, 그렇게 어머니를 여의었기 때문에 시인은 시적 발화의 필력을 얻었다. '눈물로 표현되지 않은 슬픔은 몸이 그 점수를 매긴다'는 속언이 있다. 이 눈물의 사모곡이 있기에 시인은 내면적 균형감각을 유지할 수 있을 것이며, 어머니의 부재가 일원론적 상실에 머무는 것이 아니라 더 크고 넓은 원융(圓融)의 세계로 진입하는 관문이 되었을 것이다.

이 시집에는 모두 62편의 시가 실려 있고 각기의 시는 표제와 같은 제목으로 1에서 62까지 번호가 매겨져 있다. 시집 한 권이 하나의 주제로 일관하는 연작시집, 또는 시 전체가 하나로 통합되는 장시집이라고도 할 수 있겠다. 시인은 모친 음순엽 여사를 다른 세상으로 보내고 49재 기간 동안 자복하면서 이 시집을 구성했다고 머리

말에서 밝혔다. 시집 문열이의 첫 시에서 유명(幽明)을 달
리한 어머니의 상황을 시인은 이렇게 노래했다.

정월 대보름 달무리처럼 웃으시며
'내 더위' 사주시더니 우리 엄니 나비되셨네

힘겨운 허물 벗은 중천에 비 한소끔 내릴 즈음에
차오른 눈물이 되고는 할 텐데 어쩔거나
걱정되셔서

헛헛한 삼칠일 견디지 못하고, 막막한 49재 참아내지 못
하고
뭉개지는 마음이 보이시겠다, 아비도 모르게
가시덤불 너머 나비처럼
숨으신 우리 엄니
ㅡ「모성의 만다라 1」전문

삼칠일도 견디지 못하고 49재도 참아내지 못하고 불
귀의 객이 된 어머니는, 종내 시인의 곁을 떠났다. 생사
의 경계가 다르니 한 번 가면 돌아올 수 없는 명부의 길
로 간 터이다. 그런데 육신은 떠나갔으나 영혼마저 따라
간 것이 아니다. 아들 곁에, 아들 눈에 여전히 남아 있는
어머니는 그 형성을 바꾼다. 나비다. 가시덤불 너머, 숨

어있지만 형상이 그대로 남아 있는, 나비의 형용을 한 어머니다. 이 세상에서 육신의 수명이 다할 때까지, 그 어머니를 어떻게 안고 갈 것인가는 온전히 남은 아들, 곧 시인의 몫이다.

달이 바다의 결처럼 후광처럼 빛날 때,
봄은 엄니처럼 한숨 짓다 갔어요
감꽃 진 마당에 폭풍주의보
전신주 파도처럼 넌출될 때야
천둥, 비

마루에 걸터앉아
서럽게
마중물처럼 지쳐드는 비바람
엄마 품처럼 안는데, 안는데
　　　　　　　　—「모성의 만다라 6」 전문

　시인의 어머니는 그가 눈길을 두고 살아가는 세상 어디에도 없다. 이것이 생사로(生死路)의 이치다. 그러나 잠시 안력의 차원을 바꾸고 보면 아, 그 어머니는 어디에나 존재한다. 언어도단(言語道斷)이면 심행처(心行處)라고 했는데, 마음의 창을 밝히 열면 삼라만상이 모두 어머니의 자리다. '봄은 엄니처럼 한숨짓다' 가고, '마루에 걸터앉

아 서럽게' 비바람 맞을 때도 '엄마 품처럼' 처연하고 결
곡한 서정이 있다. 그런데 그 숨은 바탕에는 부귀도 공명
도 아닌, 소박하고 조촐하지만 소중하고 아름다운 기억
들의 전사(前史)가 있다. 아마도 시인은 이 작고 단단한
삶의 재료들을 그 무엇과도 바꿀 수 없을 것이다. 거기에
고비마다 곡절마다 어머니의 그림자가 스며 있는 까닭에
서다.

　　정지의 문 앞에는 늘 바람의 발자국이
　　있었습니다

　　수돗물을 틀고 쌀을 씻을 때도
　　뜨물에 부유물처럼 흔들리는
　　불안한 일상들이, 당신의
　　한숨에 방향성을 잡을 때 모두들
　　내일이 불안해지고는 했습니다

　　날이 지나면 이웃집 문턱을 넘는
　　당신의 금 간 발바닥은
　　돈 앞에 서럽게 웃고 있었던 기억이 납니다

　　조금은 외롭지 않았으면 합니다
　　형이 가고 당신이 지나치는 그

길이라면 조금은 외롭지 않았으면 합니다

머잖아 누군가는 걸어야 하는
허공에 구름 같은
날수가 흐를수록 걸어온 만큼
'사랑, 한 첨' 깊게 배도록
살아가는 바람을 갖습니다
　　　—「모성의 만다라 24」 전문

　바람의 발자국, 불안한 일상, 금 간 발바닥, 허공의 구름 같은 날수가 모두 한 지점으로 수렴되는 곳, 거기 '사랑 한 첨'이 있다. 기쁘고 행복한 사랑보다 슬프고 아픈 사랑이 훨씬 더 깊은 '한 첨'에 이를 것이다. 이 시인의 가족사에 있어서 그것은 어머니보다 1년 먼저 타계한 형의 부고다. 어머니는 그것을 몰랐다. 그러기에 종국에 이렇게 말할 형국이다. '어째 이곳에 나보다 먼저 온 것이냐'(「모성의 만다라 12」). 사람을 감동하게 하는 힘은 크고 강한 것이 아니다. 오히려 작고 섬약하지만 우리 가슴 밑바닥을 강고하게 두드리는 어떤 것. 시인은 이 인생사의 문맥을 명민하게 알아차리고 있다. 이때의 '명민'은 어머니의 차생(此生)과 내생(來生)을 함께 바라본다.

　소화다리 아래 피의 역사는

고향 떠난 실치가 몸을 풀러
찾아오는 것처럼

중천에 있을 우리 엄니
접시꽃처럼 바람처럼
웃으시네

까닭 없이 기른 그리움
부처 웃음으로 녹
아 개펄에 누웠는데

사랑, 변함없네
—「모성의 만다라 37」전문

　실치는 뱅어의 다른 이름이다. 고향 회귀의 어종이 다
시 찾아오듯 그렇게 다시 올 어머니를 기다리는 시인은,
'접시꽃처럼 바람처럼' 웃으시는 어머니를 만난다. 그리
움의 궁극이 실치처럼 개펄에 누웠는데 문득 실감으로
다가오는 개안(開眼)은 '사랑, 변함없네'이다. 어머니의
사랑이 변함없는 것은 자식이 품은 육친의 정이 애틋하
고 간절해서가 아니다. 그 무슨 이름으로도, 그 무슨 셈
을 하고서도 환치할 수 없는 어머니의 자리, 거기서 발양
된 사랑인 연유에서다. 아무리 아들의 정성이 지극하다

한들, 그 사랑이 내리사랑만 할까. 유사 이래 모든 어머니의 사랑이 그러했고 시인의 어머니 또한 그렇다. 그것이 햇수를 더하면 곧 '한 가족사'(「모성의 만다라 39」)이다.

> 부고에 상주를 내었다,
> 3년 전 의절한 형 이름으로 낸 것이다
>
> 어머니 상을 치르고 떠난 자리에 형의 부고를
> 받았다 작년 겨울 49일을 병원서 살다가 소천한
> 사실을 알게 되었다
>
> 장례는 삼일을 채우지 못하고 고인의 유언에 따라 2일장
> 으로
> 메릴랜드에 장남의 장지 옆에 위리안치 되었다
>
> 죽음은 익명일 수밖에 없다 피카소 그림의 질감처럼
> 청색시대를 사는 것처럼 현대를 사는 사람들은 부지불식
> 간에
> 염화미소로 잠이 들었다
> ―「모성의 만다라 46」 전문

어머니를 에워싼 가족사라고 해서 어디 순정하고 편안하기만 하겠는가. 그리고 형제가 서로 소외된 공간이 8

만리 바닷물결 시퍼런 태평양을 넘는 상거이고 보면, 그 간극을 좁히기가 지난했을 것이다. 이 땅의 모든 가족들은 모두 그만한 괴리와 상처를 안고 사는지도 모른다. 연로한 어머니에게 형의 부고를 숨겨야 했던 가족들의 속내는, 그것이 어머니가 겪을 가장 아프고 시린 상처인 줄 아는 형편이기에 그렇다. 왜 악상(惡喪)은 곧 천형이라 하지 않던가. 그렇게 어머니는 이 세상의 모든 원(怨)과 한(恨)을 뒤로 하고 돌아오지 않을 먼 길을 떠났다. 그러기에 이 시집은 그렇게 어머니를 떠나보낸 한 효성스러운 아들의 끊이지 않는 진혼곡이다.

어머니가 밝힌 촛불이 이제는 제 불을 밝히고 의지해 생의 결을 붙들고
먼 나라를 향해 충만함으로 이르고자 합니다

그 사이에 제가 밝힌 생명의 불도 '함께'라는 것은 숙명,

본질의 것이었다가 소유하게 된 생명을 지키기 위해
사위의 모든 어둠을 향해 깨닫고자
오체투지하였습니다

'윤원구족(輪圓具足)' 어머니의 기도가 그러하였습니다
—「모성의 만다라 61」 전문

하나의 죽음이 자연현상으로서의 생명 소멸에 그치지 않고 육탈을 뒤이은 영혼의 승급이 되기 위해서는, 그 명제에 걸맞는 깨달음의 단계가 있어야 마땅하다. 시인은 그 동력을 '어머니가 밝힌 촛불'로 형상화한다. 그에 뒤이어 '제가 밝힌 생명의 불'도 있다. 오체투지는 이 차원이 다른 인식의 확장과 깨달음의 정황에 마음과 몸을 모두 승복한 시인의 몸짓이다. '윤원구족'의 기도는 어머니의 기도이자 시인의 기도이며, 생명의 연원과 끝없는 신뢰와 웅숭깊은 공감을 나누어 가진 이 세상 모든 모자들의 기도다. 그 기도의 힘은 이 시집을 세상에 태어나게 한 근원적인 힘이요 남은 내일을 밀고 나갈 추동력이다. 바라건대 이 시집을 통해 우리가 흔연한 마음으로 이 가족애 인류애의 행보에 동참할 수 있었으면 한다. 그리고 이 시집이 시인의 생애와 시작(詩作)에 새로운 기력을 공여할 수 있었으면 한다.